CDつき　よんで、きいて、こえにだそう

こころに　ひびく
めいさくよみもの

1ねん

府川源一郎
佐藤　宗子　編

教育出版

【表紙の絵】

花の国の子どもたち　1964年

いわさきちひろ

はじめに

この本では、これまでつくられてきた国語《こくご》の教科書《きょうかしょ》の中から、今《いま》みなさんにぜひ読《よ》んでほしい名作《めいさく》ばかりを選んで集《あつ》めました。おもしろいお話《はなし》や感《かん》動《どう》するお話、ためになるお話、思《おも》わず口《くち》ずさみたくなる詩《し》などがおさめられています。きっと、今まで知《し》らなかったことや、今まで見《み》たことのないまったく新《あたら》しい世界《せかい》に出会《であ》えることでしょう。

また、この本には、俳優《はいゆう》の方《かた》の朗読《ろうどく》を録音《ろくおん》したCDが付《つ》いています。CDを聴《き》き、じぶんでも声《こえ》に出《だ》すことで、作品をもっと理解《りかい》することができますし、作品のもっているすばらしさをより深《ふか》く味《あじ》わうことができます。

ぜひ、心《こころ》とからだを使《つか》って読書《どくしょ》を楽《たの》しんでください。

もくじ

本書について

一、本書の収録作品は、教育出版発行の小学校国語教科書に掲載された本文を出典とした。

二、本書の本文の表記は、原作者の了解のもとに、原則として教科書の表記に準じて次のように行った。

(一)仮名遣いは、現代仮名遣いを使用した。

(二)送り仮名は、現代送り仮名を使用した。

(三)漢字表記については、各巻の当該学年以上の配当漢字に読み仮名を付けた(例　二年の巻では、二年配当以上の漢字に読み仮名を付けた)。

なお、読み仮名は、見開きページごとに初出の箇所に付けた。

(四)詩の表記については原典に基づいた。

(五)一部の熟語については、読みやすさなどに配慮して、漢字の交ぜ書きから読み仮名付きの漢字に変更した。

(六)固有名詞については、読み仮名を見開きページごとに初出の箇所に付けた。

(七)一年、二年の巻については、すべての作品を分かち書きで掲載した。

花《はな》 いっぱいに なあれ

作《さく》 松谷《まつたに》 みよ子《こ》
絵《え》 いもと ようこ
朗読《ろうどく》 里見《さとみ》 京子《きょうこ》

ある　日《ひ》の　ことでした。
学校《がっこう》の　子《こ》どもたちが、ふうせん
に　お花《はな》の　たねを　つけて　とば
しました。

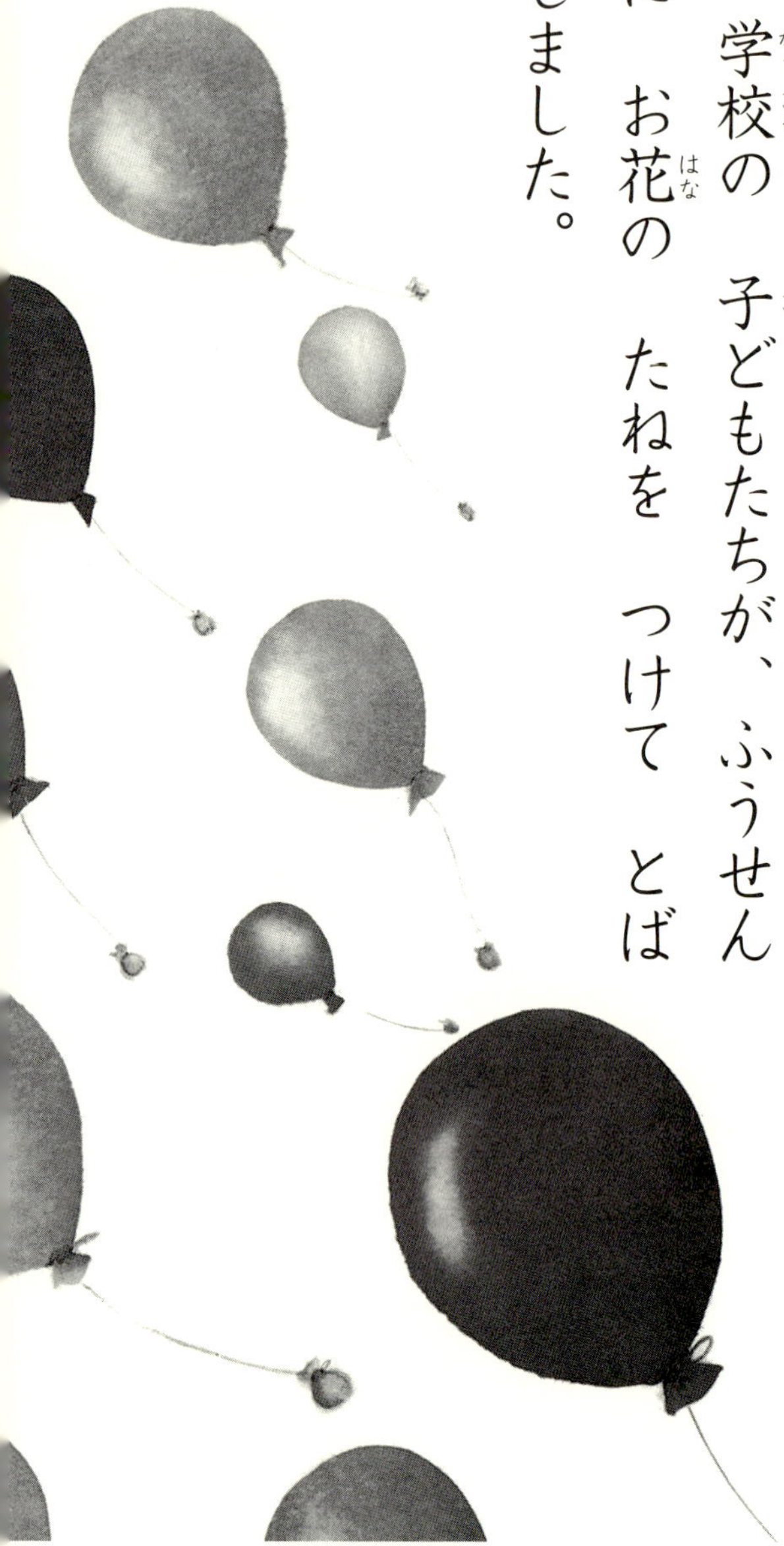

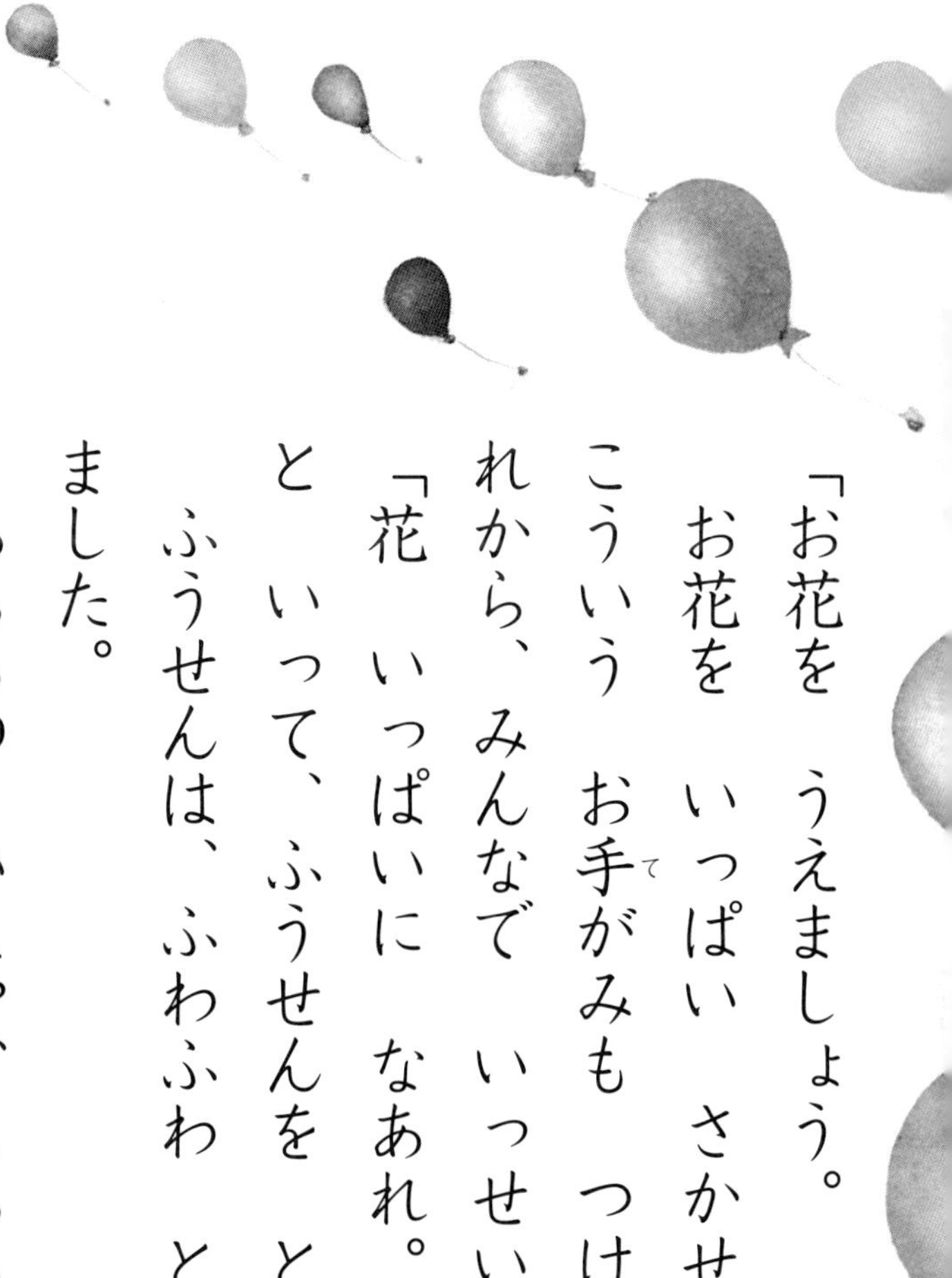

「お花を　うえましょう。
お花を　いっぱい　さかせましょう。」
こういう　お手《て》がみも　つけました。それから、みんなで　いっせいに、
「花　いっぱいに　なあれ。わあい。」
と　いって、ふうせんを　とばしました。
ふうせんは、ふわふわ　とんで　いきました。
　あちらの　いえや、こちらの　いえで　ひろわれるまで、ふわふわ　とんで　いきました。

その　ふうせんの　一《ひと》つが、どう　まちがえたのか、町《まち》を　とおりぬけ、村《むら》を　とおりぬけ、お山《やま》まで　とんで　きました。

さすがに　くたびれて、ふわふわ　ふわふわ　ゆれながら、お山の　中《なか》へ　下《お》りて　きました。それは、まっかな　ふうせんでした。

まっかな　ふうせんは、しずかに、ふわふわ　ふわふわ　下りました。山の　中の、小《ちい》さな　のはらに　下りました。下りた　ところに、小さな　きつねの　子《こ》が、ひるねを　して　いました。子ぎつねの　コンでした。

子ぎつねの　コンは、とっても　いい　ゆめを　見《み》て　いました。なんだか　よく　おぼえて　いないけれど、おいしい　ものを　たくさん　たべた　あとのような、うれしい　気《き》もちで　目《め》を　あけました。

そうしたら、目の

まえに、ぽっかり、まっかな　花《はな》が　さいて　いたのです。

まるくって、ふくらんで、ふわふわ　ゆれる　花でした。白《しろ》い、ほそい、糸《いと》のような　くきが　ついて　いて、なんだか　かみづつみのような　ねっこが　ついて　いました。

コンは　目を　こすりました。ハアッと　ためいきを　つきました。すると、まっかな　花は、もう　それだけで、ふわふわ　ゆれました。

「へええ、びっくりした。ぼく、こんな　花、生《う》まれて　はじめて　見《み》たよ。」

そうですとも、ふうせんの　お花ですもの。コンは、
でも、そんな　こと　しりません。
「きれいな　花の　ねっこちゃん、ちゃんと　土《つち》の　中《なか》
に　入《はい》って　おいでよ。そう　しないと、かれちゃう
よ。」
そんな　ことを　いって、両手《りょうて》で　土を　ほりました。
かみづつみの　ねっこを　あなに　うめて、トントン
たたきました。
「そうだ、お水《みず》も　やらなくっちゃ。」
コンは、じぶんの　あなに　とんで　かえって、青《あお》い
コップを　もって　きました。谷川《たにがわ》の　ふちで　ひろっ

た　コップでした。

コップに　水《みず》を　くんで　きて、チャプンと　ねっこに　かけました。

それだけで、もう、まっかな　花《はな》は、ふわふわ　ゆれました。

「いいなあ。いまに、こういう　花が、もっと　もっと、いっぱい　さくよ。ぼく、なんだか　いい　ゆめ　見《み》たと　おもったけど、きっと、この　花の　ゆめを　見たんだ。」

コンは、おひげを　ひっぱって、にこにこしました。

ところが、つぎの　あさ、目《め》を　さました　コンが、ぴょんぴょん　はねながら　いって　みると、赤《あか》い　花は、小《ちい》さく　小さく　しぼんで、草《くさ》の　上《うえ》に、くたんとたおれて　いました。

コンは、ワーワー　なきました。

それから、雨《あめ》が　毎日《まいにち》　毎日　ふりました。

コンが、また、その　のはらへ　いって　みると、ふしぎな　ことが　おこって　いました。

まっかな　花の　さいて　いた　あとに、見た　ことも　ない　めが、すっくり、かおを　出《だ》して　いたのです。

その　めは、ぐんぐん　のびました。ふとくて、しっ

かりした　くきでした。どんどん　のびて、コンを　おいこし、ばいの　ばいの　ばいも　のびました。

そして、ある　日《ひ》、大《おお》きな　金色《きんいろ》の　花《はな》を　さかせました。ひまわりの　花でした。学校《がっこう》の　子《こ》どもたちは、赤《あか》い　ふうせんに、ひまわりの　たねを　つけて　とばしたのです。

コンは、目《め》を　こすって、しっぽを　立《た》てて、

「ほう。」

と　さけびました。

「すごいや。金色の　花だ。お日さまの　花だ。見《み》たことも　ないくらい　でっかいぞう。うわあい。ぼく、

あの　とき、たしかに　いい　ゆめを　見たと　おもったけど、あれは、金色の　花が　さいた　ゆめだったんだ。」

金色《きんいろ》の　花《はな》は、いくつも　さきました。小《ちい》さな　のはらが　あかるく　なるようでした。

そして、あきには、びっしり　たねが　みのりました。まあるい　たねでした。

たねは　こぼれました。おなかが　すいた　とき、コンは、ひまわりの　たねを　たべました。こうばしくって、あまい　たねでした。

「ほんとに、あの　とき　見《み》た　ゆめ、こういう　あじが　したよ。」

コンは、おひげを　ひねって　いいました。

こぼれた　たねからは、つぎの　年《とし》、また、ひまわり

がめを　出《だ》して、のはらじゅうに、大《おお》きな、金色の
ひまわりの　花を　さかせました。
もし、あなたが　山《やま》に　のぼって、ぽっかりと　さい
た　ひまわりの　花を　見たら、それは、コンの　ひま
わりです。
そして、学校《がっこう》の　子《こ》どもたちが、
「花　いっぱいに　なあれ。」
と　いって、ふうせんに　つけて　とばした　お花なの
ですよ。

おじさんの　かさ

文《ぶん》・絵《え》　佐野《さの》　洋子《ようこ》
朗読《ろうどく》　楠《くすのき》　正通《まさみち》

おじさんは、とっても　りっぱな　かさを　もって　いました。くろくて　ほそくて、ぴかぴか　ひかった　つえのようでした。

おじさんは、出《で》かける　ときは　いつも、かさを　もって　出かけました。

すこしくらいの　雨《あめ》は、ぬれた　まま　あるきました。かさが　ぬれるからです。

もう　すこし　たくさん　雨が　ふると、雨《あま》やどりして、雨が　やむまで　まちました。かさが　ぬれるからです。

いそぐ　ときは、しっかり　だいて、はしって　いきました。かさが　ぬれるからです。

雨《あめ》が　やまない　ときは、
「ちょっと　しつれい、そこまで　入《い》れて　ください。」
と、しらない　人《ひと》の　かさに　入《はい》りました。かさが　ぬ
れるからです。

もっと　もっと　大《おお》ぶりの　日《ひ》は、どこへも　出《で》かけないで、うちの　中《なか》に　いました。そして、ひどい　かぜで　かさが　ひっくりかえった　人を　見《み》て、
「ああ　よかった。だいじな　かさが　こわれたかもしれない。」
と　いいました。
ある　日、おじさんは、こうえんで　休《やす》んで　いました。こうえんで　休む　とき、かさの　上《うえ》に　手《て》を　のっけて、おじさんは　うっとりします。それから、かさが　よごれて　いないか、きっちり　たたんで　あるか、しらべます。そして、あんしんして、また　うっとりし

ました。

そのうちに、雨《あめ》が　すこし　ふって　きました。

小《ちい》さな　男《おとこ》の子《こ》が、雨《あま》やどりに　はしって　きました。

そして、おじさんの　りっぱな　かさを　見《み》て、

「おじさん、あっちに　いくんなら、いっしょに　入《い》れてってよ。」

と　いいました。

「おっほん。」

と、おじさんは　いって、すこ

しことに　しました。
「あら、マーくん、かさが　ないの。いっしょに　かえりましょう。」
小さな　男の子の　ともだちの、小さな　女《おんな》の子が　きて、いいました。
「雨が　ふったら　ポンポロロン、
雨が　ふったら　ピッチャンチャン。」
二人《ふたり》は、大《おお》きな　こえで　うたいながら、雨の　中《なか》を　かえって　いきました。
「雨が　ふったら　ポンポロロン、

雨《あめ》が　ふったら　ピッチャンチャン。」
小《ちい》さな　男《おとこ》の子《こ》と　小さな　女《おんな》の子が　とおくに　いっても、こえが　きこえました。

　雨が　ふったら　ポンポロロン、
　雨が　ふったら　ピッチャンチャン。

おじさんも　つられて、こえを　出《だ》して　いいました。
「雨が　ふったら　ポンポロロン、
雨が　ふったら　ピッチャンチャン。」
おじさんは、立《た》ち上《あ》がって　いいました。
「ほんとかなあ。」
とうとう　おじさんは、かさを　ひらいて　しまいました。

「雨が　ふったら　ポンポロロン……。」

そう　いいながら、おじさんと　かさは、雨の　中《なか》に入《はい》って　しまいました。

おじさんの　りっぱな　かさに、雨が　あたって、ポンポロロンと　音《おと》が　しました。

「ほんとだ、ほんとだ。雨が　ふったら　ポンポロロンだあ。」

おじさんは、すっかり　うれしく　なって　しまいました。

小さな　犬《いぬ》が、ぐしょぬれに　なった　からだを、ぶ

るん　ぶるんと　ふりました。おじさんも、かさを　くるくる　まわしました。雨《あめ》の　しずくが、ピュルピュルと　とびました。おじさんは、町《まち》の　ほうへ　あるいて　いきました。
いろんな　人《ひと》が、ながぐつを　はいて　あるいていました。下《した》の　ほうで、ピッチャンチャンチャンと、音《おと》が

しました。
「ほんとだ、ほんとだ。雨が　ふったら　ピッチャンチャンだあ。」
おじさんは、どんどん　あるいて　いきました。
　雨が　ふったら　ポンポロロン、
　雨が　ふったら　ピッチャンチャン。
上《うえ》からも　下からも、たのしい　音が　しました。
おじさんは、元気《げんき》よく　うちに　かえりました。
うちに　入《はい》ってから、おじさんは、しずかに　かさを　つぼめました。
「ぐっしょり　ぬれた　かさも、いい　もんだなあ。だいいち、かさらしいじゃ　ないか。」
りっぱな　かさは、りっぱに　ぬれて　いました。
おじさんは　うっとりしました。
おくさんが　びっくりして、
「あら、かさを　さしたんですか。雨《あめ》が　ふって　いるのに。」
と　いいました。
おじさんは、たばこと　おちゃを　のんで、ときどき、ぬれた　かさを　見《み》に　いきました。

はなび

作《さく》　森山《もりやま》　京《みやこ》
絵《え》　はせがわ　ゆうじ
朗読《ろうどく》　増山《ますやま》　江威子《えいこ》

山《やま》の　ふもとの　町《まち》で、はなび大会《たいかい》が　はじまりました。

「ドン、ドン、ドドーン。」

はなびを　うち上《あ》げる　音《おと》が、山の　子《こ》ぐまの　ところへも　ひびいて　きました。

「早《はや》く、見《み》に　いこうよ。かあさん。」

子ぐまは、かあさんぐまと　つれだって、山みちを下《くだ》り、がけの　ふちへ　いきました。

「ああ、よく　見える。」
かあさんぐまが　いいました。
赤《あか》、青《あお》、黄《き》――。
いろとりどりの　はなびが、
きらきら　うかんでは、ぱっ
と　きえて　いきます。
「きれいねえ。でも、すぐ
きえちゃうね。」
おや子《こ》は、かたを　ならべ
て、はなびに　見とれました。
そのうちに、あたりが　ひ

えびえと　して　きました。

ふもとの　町《まち》の　はなびは、まだ、おわりそうに　ありません。

「もう、かえりましょ。いつもなら、とっくに　ねて　いるころですよ。」

かあさんぐまは、子《こ》ぐまをせおうと、いそぎ足《あし》で　山《やま》みちを　上《のぼ》りました。

「あ、ほしが　いっぱい。」

あたまの　上《うえ》を　ふりあおいで、子ぐまが　いいました。山の　夜空《よぞら》　一《いち》めんに、ほしが　かがやいて　います。
「ほしは　きえないね。」
子ぐまが　つぶやいた　とき、ほしが　一《ひと》つ、山の　むこうへ　すうっと　おちて　いきました。

「まあ、ながれぼし。」

かあさんぐまが、こえを　あげました。

「ほしの　はなびだね、かあさん。」

子《こ》ぐまは、あくびを　一《ひと》つ　すると、かあさんぐまのせなかに　かおを　うずめました。

なんだか、きゅうに　ねむたく　なって　きたのでした。

雨《あま》つぶ

文《ぶん》・絵《え》　あべ弘士《ひろし》

朗読《ろうどく》　戸田《とだ》恵子《けいこ》

かぜが　ふいて　きました。
とおくの　空《そら》に、くろい　くもが　見《み》えます。
「にいちゃん、雨《あめ》が　くるの。」
川《かわ》の　中《なか》で、小《ちい》さい　かばの　子《こ》が　ききます。
「うん、そうだよ。この　かぜと、あの　くもを　おぼえて　おくんだ。」
かばの　にいちゃんが　いいました。
きしべでは、いろんな　どうぶつが、草《くさ》を　たべたり、はしったり、あそんだり　しています。

かぜが　つよく　なって　きました。

くもも　大《おお》きく　なって　きました。

「さっきまでは、あんなに　はれて　いたのに。」

と　おもいながら、小さい　かばは、空を　見《み》上《あ》げました。

くもは　ぐんぐん　大《おお》きく　なり、こっちに　ちかづいて　きます。
ポツン　ポワーン
雨《あま》つぶが　一《ひと》つ、川《かわ》に　円《まる》い　わを　かきました。
ポツン　ポツン　ポツン
ポッ　ポッ　ポッ
ポワーン　ポワ　ポワ　ポワワワーン
雨つぶが、つぎから　つぎへと　川に　おち、円いわを　かきます。
ポッ　ポッ　ポッ　ポッ
ポワン　ポワン　ポワン　ポワン

雨つぶの　わと　わが、いくつも　いくつも　かさなって、川は　雨《あめ》の　わで　いっぱいです。

「にいちゃん、雨だね。」

「そうだ。もっと　ふるぞ。」

あたまの　上《うえ》は、まっくろい　くもで　いっぱいになりました。

ザーッ。

きしべにも　大つぶの　雨が　ふって　きました。

さるたちは、いそいで　林《はやし》の　中《なか》へ　かくれました。

やまあらしは、はりを　たたんで、あなに　もぐりました。だちょうは、大きな　はねを　いっぱいに　ひろげ

て、かわいい　ひなたちの　かさに　なって　います。ライオンは、ぬれながら、雨《あめ》が　やむのを　まって　います。しまうまも、びしょぬれの　まま、じっと　がまんして　います。

雨は、ますます　いきおいよく　ふって

きました。
「にいちゃん、すごい雨に　なったよ。」
「だいじょうぶ、だいじょうぶ。さあ、もっと　ふれ。」
そう　いって　いるまに、空《そら》　いっぱいのくもが　かばたちの上《うえ》に　あつまり、雨がいっぺんに　くもから

おちて　きました。

ドザーッ。

小《ちい》さい　かばが、見《み》た　ことも　きいた　ことも　ない　雨《あめ》が、あたまの　上《うえ》に　おちて　きました。

その　とき、にいちゃんは　ゆっくりと　口《くち》を　あけました。大《おお》きく、大きく、もう　これいじょうは　むりと　いうくらいに。そして、空《そら》に　むかって、口を　ひらいた　まま　うごきません。

たくさんの　雨《あま》つぶが　口に　入《はい》ります。大きくひらいた　にいちゃんの　口に、雨つぶが　どんどん入ります。口の　中《なか》が　雨で　いっぱいに　なりました。

　ごっくん、ふうっ。

「おいしいの、雨って。」

「そりゃ、さいこうさ。」

　小さい　かばも、小さい　口を　いっぱいにひろげました。

　大きな　口と　小さな口が、空に　むかってごっくん、ごっくん。

　とおくの　木《き》の　上で、

雨《あま》やどりの　さるの　子《こ》が、おかあさんに　だっこされながら　それを　見《み》て　いました。そして、ぺろっと、はっぱの　上《うえ》の　雨つぶを　一《ひと》つなめました。

天《てん》に 上《のぼ》った おけやさん

作《さく》 水谷《みずたに》 章三《しょうぞう》
絵《え》 峰村《みねむら》 りょうじ
朗読《ろうどく》 大塚《おおつか》 周夫《ちかお》

むかし　むかし、ある　ところに、一人《ひとり》の　おけやさんが　すんで　いました。
ある　日《ひ》の　こと、おけやさんは、大《おお》きな　大きな　ふろおけの　たがを　しめて　いました。ところが、なんの　はずみか、その　ふとい　たがが　ビ

ーンと　はじけたから　たまりません。おけやさんは、空《そら》たかく　はじきとばされて　しまいました。

あれよ　あれよと　いって　いる　まに、おっこちたところが、かさやさんの　みせの　まえ。

かさやさんが、とび出《だ》して　きて　いいました。

「こりゃあ、天《てん》からの　さずかりもんだ。さっそく、わしんところの　しごとを　して　もらおうかい。」

その　しごとと　いうのは、ならべて　ほした　かさの　見《み》はりばんでした。いままでの　しごとに　くらべたら、なんとも　らくな　ものです。おけやさんは、いい　気《き》もちで、うつら　うつらと　して　いました。

するると、そこへ、いきなり　つむじかぜが　ふいて　きて、かさが　ふわっと　まい上《あ》がりました。

「こりゃ、まて、かさ　まて。」

おけやさんは、とんで　いく　かさを、あわてて　二《に》、三本《さんぼん》　つかまえましたが、その　とたん、かさと　いっしょに　空《そら》へ　ふき上げられました。

「うわあい、たすけて　くれえっ。」

おけやさんは、ぐんぐん　ぐんぐん　とばされて、こんどは、とうとう　天《てん》まで　上《のぼ》って　しまいました。

すると、そこへ、かみなりさんが　やって　きました。

「なんじゃい、おまえは。こんな　とこで　なにを　しとるか。」

「へえ。かさやで　かさの　ばんを　しとったら、かさ

が　かぜに　とばされてなあ……。」

と、おけやさんが　わけを　はなしました。

「そうか、そうか。そんなら、わしの　てつだいを　して　くれい。」

かみなりさんは、さっそく、おけやさんに　しごとを　いいつけました。

「さあて、いまから　夕立《ゆうだち》を　ふらすでな。この　水《みず》ぶくろを　もって、ついて　こい。」

おけやさんは、おもい　水ぶくろを　かつがされて、くもの　上《うえ》を　よっちら　おっちら、かみなりさんについて　いきました。やがて、かみなりさんは　たいこ

を　うちはじめました。

ドドン　ゴロゴロ、ドンゴロ
　ドンゴロ

「ほうれ、おまえも　雨《あめ》を　ふらせろ。」

そこで、おけやさんも、水ぶくろの　水を　ザンザカ　ふりまきながら、くもの　上を　かけまわりました。むこうでは、かみなりさんが、たいこを　うちながら　どなっています。

ドドーン　ゴロゴロ
「おうい、足《あし》もとに　気《き》を　つけろ。くもの　きれめが
あるでなあ。」
おけやさんは、おもしろくて　たまりません。むちゅうに　なって、あっち　いき、こっち　いき　して　いるうちに、うっかり、くもの　きれめを　ふんで　しまいました。
「うわあっ、おちる　おちるうっ。」
おけやさんは、おちて　おちて、さあ、どのくらい　おちた　ものやら。気が　つくと、ある　おてらの、大《おお》きな　大きな　まつの　木《き》の　てっぺんに　ひっかかっ

て　いました。

「おうい、たすけて　くれえっ。」

おてらの　おしょうさんが、見上《みあ》げて　おどろきました。

「ははん、さっきの　かみなりが、あんな　とこに　おちたか。それにしても、おかしな　かみなりじゃ。人《にん》間《げん》の　ことばで　どなって　おるが。」

そのうちに、きんじょの　人《ひと》たちも、わやわやと　あつまって　きました。

「ひゃあ、どう　やって　たすけたら　よかろうか。」

「ながあい　つなを　なげて　やろうか。」

「いや　いや、あそこまで
とどく　わけが　ない。」
「そんなら、こう　したら
どうじゃろう。」
おしょうさんが、大《おお》きな
ふろしきを　もって　きまし
た。みんなは、それっとばか
りに、ふろしきの　まわりを
ひっぱって、木《き》の　下《した》で　ぴ
いんと　ひろげました。
「おうい、木の　上《うえ》の　おか

たよ、この　ふろしき　目《め》がけて、おもいきって　とびおりるのじゃあっ。」

「へ、へえい。」

おけやさんは、目を　つぶって、すうっと　いきを　すいこんでから、「えいやっ」とばかりに　とびおりました。

おりた　とたん、その　いきおいで、ふろしきの　はしを　つかんで　いた　人《ひと》たちが　はね上《あ》がり、ひたいと　ひたいが　ゴチゴチ　ゴチンと　ぶつかって、目から　火《ひ》が　出《で》ました。そして、その　火で、大きな　木も、この　おはなしも、もえて　しまいましたと。

はい、これで　おしまい。

おもしろい　ことば

文《ぶん》　「小学国語《しょうがくこくご》」編集委員会《へんしゅういいんかい》
絵《え》　五味《ごみ》　太郎《たろう》
朗読《ろうどく》　内海《うつみ》　賢二《けんじ》

しりとりや　なぞなぞを　した　ことが　あるでしょう。しりとりや　なぞなぞは、ことばを　つかう　あそびです。

ことばを　つかう　あそびには、こえに　出《だ》して　よんで　たのしむ　あそびも　あります。

つぎの　ことばを　よんで　みましょう。

わなげのわもなげなわのわもわ

どのように　よみましたか。
この　ことばは、いくつかに　くぎって　よむと、いみが　はっきりして　きます。

　わなげの／わも／なげなわの／わも／わ

これで、いみが　はっきりしますね。
では、つぎの　ことばを、くぎりかたに　気《き》を　つけて　よんで　みましょう。

　にわにはにわにわとりがいる

　すもももももももものうち

つぎの　ことばを　よんで　みましょう。

ひるまでかける

どこで　くぎりましたか。

「ま」と　「で」の　あいだで　くぎると、「ひるまでかける」と　なります。「で」と　「か」の　あいだで　くぎると、「ひるまで　かける」です。

この　ことばは、くぎる　ところに　よって、いみがちがって　しまいます。

では、つぎの　ことばを、いろいろな　くぎりかたで　よんで　みましょう。

ここではきものをぬいでください

つぎの　しを、こえに　出《だ》して　よんで　みましょう。

いるかいないか
いないかいるか
いるいるいるか
いっぱいいるか
ねているいるか
ゆめみているか

（谷川《たにかわ》　俊太郎《しゅんたろう》『いるか』より）

「いるか」と　いう　ことばが、たくさん　出《で》て　きましたね。

では、どうぶつの　「いるか」か、「いますか」の　いみの　「いるか」か　かんがえながら　よんで　みましょう。

どちらの　いみにも　よめる　「いるか」が、たくさん　ありますね。

きりんは　ゆらゆら

作《さく》　武鹿《ぶしか》　悦子《えつこ》

朗読《ろうどく》　田中《たなか》　真弓《まゆみ》

ひらいた　ひらいた

わらべうた

朗読《ろうどく》　友部《ともべ》　光子《みつこ》

きりんは　ゆらゆら

武鹿《ぶしか》　悦子《えつこ》

きりんは　ゆらゆら
よって　くる
うえから　そっと
よって　くる
かおだけ　ぼくに
よって　くる
からだは　むこうに　おいといて

きりんは　ゆらゆら
よって　くる
なぜだか　ぼくに
よって　くる
やさしい　め　して
よって　くる
こえも　むこうに　おいといて

ひらいた　ひらいた

わらべうた

ひらいた　ひらいた
なんの　花《はな》が　ひらいた
れんげの　花が　ひらいた
ひらいたと　おもったら
いつのまにか　つぼんだ

つぼんだ　つぼんだ
なんの　花が　つぼんだ

れんげの　花が　つぼんだ
つぼんだと　おもったら
いつのまにか　ひらいた

＊れんげの　花
（はすの　花）

かいせつ

花いっぱいになあれ

【作者】　松谷　みよ子（まつたに　みよこ）

一九二六（大正一五）年生まれ。児童文学作家。作品に、『ちいさいモモちゃん』『ふたりのイーダ』（ともに講談社）、『やまんばのにしき』（ポプラ社）などがある。

【本書の出典】　平成元年度版「改訂　しょうがくこくご　一下」

【教科書掲載時の出典】　『ジャムねこさん』（一九六八年、大日本図書）

【教科書掲載の期間】　昭和四六年―平成元年度版「改訂　しょうがくこくご　一下」

【鑑賞のポイント】　こういう話を「瓢箪《ひょうたん》から駒《こま》」というのだろう。風船に草花の種をつけて飛ばし、それを各地で根付かせる運動が全国的に行われたことが、この話の背景になっている。風船飛ばしは環境問題に触れるという指摘もあるようだが、色取り取りの風船が真っ青な空に飛んでいく風景は、想像するだけでも心が躍《おど》るようだ。かわいいコンの言動にも子どもたちは共感する。

おじさんのかさ

【作者】　佐野　洋子（さの　ようこ）

一九三八（昭和一三）年生まれ。絵本作家、児童文学作家。作品に、『わたしのぼうし』（ポプラ社）、『100万回生きたねこ』（講談社）、『わたしが妹だったとき』（偕成社）などがある。

【本書の出典】　平成一二年度版「こくご　一年下」

【教科書掲載時の出典】　『おじさんのかさ』（一九七四年、銀河社）

【教科書掲載の期間】　昭和五五年―平成一二年度版、平成一七年度版「ひろがる ことば　しょうがくこくご　一下」

【鑑賞のポイント】「おじさん」は大人のはずなのに、なんて子どもっぽいことを考えているのか、そう思った人も多いかもしれない。きっと自分の傘《かさ》への愛着心の現れなのだろう。でも、おじさんは男の子と女の子の歌声に、つい傘を開いてしまう。それに対するおくさんの言葉も面白《おもしろ》い。また、「雨が　ふったら　ポンポロロン」という響きも耳に快く響く。声に出して読むことで、その面白さが倍増する作品である。

はなび

【作者】　森山　京（もりやま　みやこ）

一九二九（昭和四）年生まれ。童話作家。作品に、『あのみちこのみち』（フレーベル館）、『きいろいばけつ』（あかね書房）、『あしたもよかった』（小峰書店）などがある。

【本書の出典】　平成一四年度版「ひろがる ことば しょうがくこくご　一上」

【教科書掲載時の出典】　『おはなしぽっちり(2)なつ』（一九八九年、小峰書店）

【教科書掲載の期間】　平成一四年度版「ひろがる ことば　しょうがくこくご　一上」

【鑑賞のポイント】　静かな山の中の、のんびりした穏やかな動物たちの暮らしが流れている。好奇心いっぱいの小熊は花火の音に気付いて、母さん熊を誘う。花火を鑑賞しての帰り道、頭上の星空の中に流星を見つけた小熊が「ほしの　はなびだね、かあさん」と言うせりふが心に残る。小熊と母親熊とのほのぼのとした情愛が伝わってくるような作品である。取り立ててドラマがあるわけではないが、日常生活の中の一コマが慈しむように書かれている。淡々とした音読が相応しい。

雨つぶ

【作者】　あべ　弘士（あべ　ひろし）

一九四八（昭和二三）年生まれ。絵本作家。作品に、『どうぶつえん物語』（絵本館）、『ライオンのながいいちにち』（佼成出版社）、挿絵を担当した『あらしのよるに』（木村裕一・文、講談社）などがある。

【本書の出典】　平成一四年度版「ひろがる ことば しょうがくこくご　一下」

【教科書掲載時の出典】　教科書のための書き下ろし

【教科書掲載の期間】　平成一一年―平成一四年度版「ひろがる ことば　しょうがくこくご　一下」

【鑑賞のポイント】　アフリカの草原らしい場所にスコールがやってくる。その兆しを感じた兄さんカバは、弟カバにスコールを知らせる風や雲の形を教える。大雨を避けるのに右往左往する他の動物たちを尻目に、兄さんカバは猶予《ゆうよ》迫らず、大口を開けて空からの雨を飲み込む。弟カバもその真似《まね》をする。何ともユーモラスで豪快な姿は、読み手を笑わせる。さらにそれを見ていた小猿が葉っぱの上の雨粒をなめる。ここにも、もう一つのユーモアがある。

天に上ったおけやさん

【作者】　水谷　章三（みずたに　しょうぞう）

一九三四（昭和九）年生まれ。児童文学作家。作品に、『かくれ里へどうぞ』（偕成社）、『ふうふうぽんぽんぽん』（第一法規）、『ひょうたんとかっぱ』（世界文化社）などがある。

【本書の出典】　平成四年度版「新版　国語　一年下」

【教科書掲載時の出典】　教科書のための書き下ろし

【教科書掲載の期間】　平成元年―平成四年度版「新版国語　一年下」

【鑑賞のポイント】　「法螺話《ほら》」である。おけやさんが、次々と思いがけない事件に出くわして、思いもかけない展開になる。結末に到るまでのスピーディなストーリー展開が面白《おもしろ》い。理屈で考えれば、あり得べき話ではないのだが、テンポの良さに、つい納得させられてしまう。話の最後の結末が、とりわけ面白い。「このおはなしも、もえて　しまいました」というのだから、とぼけている。語り手は、読み手を思いっきり引き回し、最後は放り出してしまうのであるが、それがまた面白さの要因になっている。

おもしろいことば

【作者】　「小学国語」編集委員会

なお、執筆にあたっては、主に次の文献を参考にし、学年の程度、児童の興味・関心、国語の教材としての教材性を考慮して、説明文として文章化した。

『絵本ことばあそび』（五味太郎著、岩崎書店）

『谷川俊太郎詩集　続』（谷川俊太郎著、思潮社）

『ことば遊び百科』（桑原茂夫著、筑摩書房）

【本書の出典】　平成八年度版「こくご　一年下」

【教科書掲載時の出典】　教科書のための書き下ろし

【教科書掲載の期間】　平成四年―平成八年度版「こくご　一年下」

【鑑賞のポイント】　いわゆる説明文である。低学年の読み手を意識して、ことばのおもしろさを平易に伝えようと意図している。ここで問題にしているのは「声に出す」ことの面白さである。文字化された文章は、どこで区切るかによって、多義的な解釈が出来る。谷川俊太郎の「いるか」という詩を挿入し、言葉を音声化することの面白さがより深く理解できるような文章になっている。

きりんはゆらゆら

【作者】　武鹿　悦子（ぶしか　えつこ）
　一九二八（昭和三）年生まれ。詩人、児童文学作家。作品に、『雲の窓』（大日本図書）、『はるのみち』（矢崎節夫選、ＪＵＬＡ出版局）、『こわれたおもちゃ』（国土社）などがある。
【本書の出典】　平成一四年度版「ひろがる ことば　しょうがくこくご　一下」
【教科書掲載時の出典】　『ねこぜんまい』（二〇〇〇年、かど創房）
【教科書掲載の期間】　平成一二年―平成一四年度版「ひろがる ことば　しょうがくこくご　一下」
【鑑賞のポイント】　ぼくの方に、きりんが大きな首を寄せてくる。まるでスローモーションの映像でも見るように、音を立てないで、長い首が近づいてくる。それは、うれしく、またなつかしささえ感じさせる経験である。作者はその様子を、ぼくの視点に立って、巧みに描いている。体や声が首よりも遠くにあるという倒置法表現を使うことできりんの首がクローズアップされた。詩は、４・４（３）・２・２の音が三回繰り返されて、リズムを作っている。

ひらいたひらいた

【作者】　不明（伝承童謡）
【本書の出典】　平成八年度版「国語二年上」
【教科書掲載時の出典】　『ひらいた　ひらいた』（岩波文庫）
【教科書掲載の期間】　昭和五五年―平成八年度版「国語二年上」
【鑑賞のポイント】　「わらべうた」は、音声言語により耳から耳へと伝承されてきた。そのため、口に親しみやすい音律と繰り返し表現が多用される。この「ひらいたひらいた」も、優しく美しい音律と繰り返し表現が見られ、「開く・閉じる」が永久に繰り返されて、蓮華《れんげ》（蓮《はす》の花）のもつ生命力とその神秘性が強調されている。なお、「ひらいたひらいた」は、手つなぎの輪を、大きくしたり小さくしたりする「輪遊び」の動作とともに、集団遊びの中で歌われてきた。そうした伝承遊びをもう一度振り返ってみる必要もあるだろう。

■編者紹介

府川　源一郎（ふかわ　げんいちろう）

横浜国立大学教育人間科学部教授。

教育出版小学校国語教科書著者。

佐藤　宗子（さとう　もとこ）

千葉大学教育学部教授。

教育出版小学校国語教科書著者。

■編集協力

有限会社メディアプレス

こころに ひびく めいさくよみもの　1ねん

2004年3月18日　初版第１刷発行

2009年4月22日　初版第２刷発行

編　者　府川源一郎／佐藤宗子

発行者　小林一光

発行所　教育出版株式会社

〒101-0051 東京都千代田区神田神保町2-10

TEL 03(3238)6965　FAX 03(3238)6999

URL http://www.kyoiku-shuppan.co.jp/

Printed in Japan © 2004

ISBN 978-4-316-80085-1

C8390

ＣＤ製作：UNIVERSAL MUSIC K.K.

印刷：神谷印刷

製本：田中製本

CDをききおわったら、
ふくろのなかにしまい
ましょう。

おうちの方、先生へ（CDを聴く前に必ずお読みください）

■CDについて

・収録された朗読は、教科書掲載当時に学校の現場で使用された教師用指導書の音声編テープ・CDを音源としています（音源の状況により若干のノイズが含まれている場合もございますのでご了承ください）。

■CDの取り扱いのご注意

・袋についている赤い線をはがして、CDを取り出して使用してください。
・ディスクは両面とも、指紋、汚れ、キズなどをつけないように取り扱ってください。
・ディスクが汚れたときは、メガネふきのような柔らかい布を使って、ディスクの中心から外へ向かって放射状に軽くふきとってください。その際に、レコード用クリーナーや溶剤を使わないでください。
・ディスクは両面とも、鉛筆、ボールペン、油性ペンなどで文字や絵をかいたり、シールなどを貼らないでください。
・ひび割れや変形、または接着剤で補修したディスクは、危険ですから絶対に使用しないでください。
・CDをお子様の玩具など、本来の用途以外に使用しないでください。

■保管のご注意

・直射日光の当たる場所や、高温・多湿の場所には置かないでください。
・ディスクは使用後、もとのようにしまって保管してください。